현대시세계 시인선 095

일곱 번째 꽃잎

진효정
시집

일곱 번째 꽃잎

**진효정
시집**

bookin

2018

피안으로 가는 것들은
하나같이 알몸이다.

제비나비의 날개와
호랑나비의 날개와
매미의 허물과
뱀의 허물……

공손히 벗어놓고 떠났다.

나는
누가 벗어놓은 허물일까?

2018년 늦가을
진효정

|차|례|

1부

'나'라는 지옥

비의

매화가 꽃을 피운다는 건
계절을 통째로
들어올렸다는 뜻이다
가지에 앉았던 새들이
고개를 끄덕거렸다는 뜻이다

매화가 꽃잎을 지운다는 건
푸른 행성을
바른쪽 어깨에
매달겠다는 뜻이다
지구의 반대쪽 어깨가
23.4도 기울었다는 뜻이다

삼계가 윤회를
시작했다는 뜻이다

하늘

당신 참 턱없이 분량이 많다
지금까지 완독한 적이 없다

늘 거기까지
접힌 부분 딱 거기에서
내 독서는 멈춘다

끝까지 저편까지
읽을 수가 없다

왜 이리도 안 읽히지?

벌써 노안이 오는데
늙은 해바라기처럼
어둑어둑해지는데

먹구름처럼 너덜거리는
주름진 저 책
마저 읽을 수가 없다

초승달에 걸린 양말

오른쪽 발이 흰색인 고양이가
까만 교복 밑에 흰색
목양말을 받쳐 신은 여중생같이
얌전하고 단정하게 생긴 고양이가
분리수거함 속에서 뒷걸음으로 나와
침을 슥슥 묻혀가며 오른발 왼발
왼발 오른발 바꿔가며 열심히 그루밍을 한다
허리가 잘록하고 윤기가 자르르한
그 여학생은 나를 힐끗
쳐다보며 순간 경계하더니
그도 잠깐, 무슨 상관이냐며
폴짝 날아서 담장을 넘는다
흰 양말 한 짝
담장에 흘린 줄도 모르고
초승달이 실눈으로
그걸 훔쳐보는 줄도 모르고

폐경

하루에도 수십 번씩 널을 뛴다
살고 싶었다가 죽고 싶었다가
사는 것도 죽는 것도 부질없었다가
영하의 날씨인데도 땀을 삐질삐질 흘렸다가
삼복더위에 덜덜덜 오한이 들었다가
맨 얼굴에다 쿨파스와 핫파스를
번갈아 붙였다가 떼었다가
걷어찬 이불을 끌어다 덮었다가
덮었던 이불을 다시 걷어찼다가
네 방구석을 밤새 팽이처럼 돌다가
올빼미처럼 지새다가
음악이었다가 소음이었다가
세상의 모든 비극은
내 것이었다가 아니었다가
여기가 지옥이구나
말로만 듣던 그 지옥이구나
겨우 문 하나 닫히니
비로소 지옥이구나
엄마가 다녀가고 할머니가 다녀간
손때 묻은 지옥이구나

얼굴 위로 욕들이

출렁출렁 흔들리며
술잔에 욕들이 담기네
욕이 허기를 채우네
잔 속에 박제된 욕 한 송이
채워도 비워도 시들지 않네
더 많은 욕을 피우겠다고
자꾸 잔을 뒤집어 보네
욕이 둥둥 떠올랐다가
잔 바닥에 넙죽 엎드리네
내장 속에 가시가 돋히네
욕과 가시가 한통속이었네
입과 항문이 일직선이 되는 것이네
밤이 깊도록 술잔에는 욕이 자라고
내장 속엔 가시가 무성해졌네
창백한 얼굴 위로 욕들이
기어나오네

뻐꾸기

목구멍이 좁아지도록 우는 여자
입술이 닳도록 우는 여자
꽃이 졌다고 우는 여자
한평생 목 놓아 울다가
꽃다운 나이를 지난 지도 한참인데
여전히 꽃인 줄만 아는 여자
눈물도 없이 우는 여자
물밥으로 하루를 삼키며 우는 여자
제 자식은 남의 집에 던져놓고
그 집 앞에서 날마다 목 놓아 우는 여자
이 산 저 산 넘나드느라 식어버린 울음
데워서 뜨겁게 우는 여자
그런데 내가 왜 울지?
왜 우는지 몰라서 또 우는 여자
이젠 목젖이 닳아서 울지도 못하는 여자

지르다

구층 건물 백화점 안을
몇 번씩 오르내리다가
겨우 가방 하나
질렀다

노랑 원피스 치마를 질렀다
분홍 블라우스를 질렀다
살색 구두를 질렀다
깜장 브라자를 질렀다
보석 박힌 보라 팬티를 질렀다
얼굴에 바르면 광채가 난다는
에센스를 질렀다

해도 달도 보이지 않는
막다른 층에 앉아
아픈지 고픈지 모르는 목구멍에
캄캄한 팥죽 한 그릇
질렀다

'나'라는 지옥

연일 폭염이다
햇볕도 재앙이다 테러다
쥐구멍에도 볕들 날 있다고?
그런 말 마라, 쥐구멍에 볕들라!

38도가 지옥이었는데
40도까지 오르니
38도는 천국이구나

천국이란 한때는 지옥이었던가
오늘은 천국의 앞날인가

폭염의 끝은 어딘가
더운 맘에 넘겨보는 달력
멀지 않은 곳에 입추가 있고
단풍이 들고, 낙엽이 지고, 흰 눈이 내리고
사슴이 썰매를 끌고
소년이 북을 치는구나

오, 천국은 달력 뒤편에 있었구나!

그러나 오늘은 지옥
오늘이라서 지옥
여기는 지옥 여기라서 지옥
주소를 바꾸고 이름을 바꿔도
헤어날 길 없는

종이컵

골목길 가로등 밑에서
편의점 자판기 앞에서
바닷가 바위틈에서
강변 모래톱에서
길섶 버스 정류소에서
쓰레기통 옆에서

쭈그리고 앉아

내가 나에게
가장 극진했던 순간마다
두 손으로
너를 받들었지

전전긍긍

이게 벌써 몇 번째인가?
오늘 사고는 정말이지 내 잘못이 아니다
주차하고 있는데 옆에서 쿵하고 받았다
문짝이 열리지 않아 조수석으로
엉금엉금 기어서 나왔다
괜찮으세요? 전혀 괜찮지 않다!
그런데 괜찮다고 말하고 있다
증상을 제대로 살피기도 전에
나는 벌써 괜찮고 이미 괜찮다!
왜 나는 늘 괜찮아야 하는가?
왜 나는 늘 괜찮은 사람인가?
이봐요, 눈은 가죽이 모자라서 찢어놓은 거예요?
제대로 보고 똑바로 운전하세욧!
삿대질해가며 큰소리 한번 왜 못 치는가?
왜 이렇게 전전긍긍하는가?
받친 문짝보다 마음이 더 움푹 들어가 있다
많이 놀라셨지요?
그래 임마! 너 같으면 안 놀라겠냐?
오늘은 꿈에서라도 실컷 욕 좀 해보고 싶다

차나무를 심다

극락전 뒤뜰에 차나무 한 그루 심었네
포트에 담겨온 어린 차나무 한 그루 심었네
평생 이파리 뜯기며 살아야 하는데도
생글거리는 눈매의 어린 차나무 한 그루 심었네
겁도 없고 철도 없는 차나무 한 그루 심었네
이도 저도 안 되는 날에
차 한 잔 마셔도 취기가 오르는,
어디 가서 실컷 차주정이라도 하고 싶은 날에
목탁도 두드릴 줄 모르는 동자승 하나 심었네
대세지보살님도 출타하고
관세음보살님도 출타하고
아미타부처님은 졸고 있는 극락전 뒤뜰에
다음 생의 나를 두 발로 꾹꾹 눌러 심었네

맥심골드

종이컵을 뽑아들다가 떨어뜨린다
두 번 떨어뜨리고 가까스로 거머쥔다
봉지를 찢어 조심스럽게 컵에 붓는다
온수기 노즐에 컵을 갖다대고 물을 받는다
오른손에서 왼손으로 옮기는 순간
컵이 바닥으로 힘없이 떨어진다
참담한 표정으로 서 있다가 얼른
화장지를 풀어 와서 바닥을 훔친다
새 종이컵을 다시 꺼내 커피 봉지를 뜯어 붓는다
컵이 엄지손가락에 걸려 엎질러진다
감정을 누그러뜨리고 아까보다 더 신중하게
마치 나무늘보처럼 오로지 천천히
온수기 꼭지에 컵을 맞추고 물을 받는다
빈 커피 봉지로 살살 젓는다
커피가 할머니의 입으로 오기까지
와서 한 모금의 위로가 되기까지
정확히 팔 분, 팔 분의 시행착오가 있었다
몸에 꼭 맞는 죽음을 만나 영원한
안식을 맛보려면 얼마나 더 걸려야 할까
몇 번을 더 바닥을 훔쳐야 할까

달달한 오후

'달달한 참외가 한 다라에 00원'
'00산 꿀참외가 왔습니다'
노량공원에서부터 내리막을 지나는
파란색 봉고차가 외쳐대는 소리가
달달하게 가까웠다가 멀어지더니
'달달한' 소리만 달달하게 들리네
달달한 뒤에 참외의 산지가 있었을 테고
한 다라 뒤에 참외의 값이 있었을 텐데
바람이 띄엄띄엄 베어먹고 잘라먹고
달달달 달달달
내 귀는 봉고차 꽁무니만 쫓아가네
나른한 유월 한낮
참외 가득 실은 파란색
봉고차 지나간 자리마다
달달하게 절여지는 오후,
출렁이며 몰려오는 바다의 주름도
노랗게 피어나는 노량포구도
심지어 쓰디쓴 내 현실마저도
혀끝 저리도록 달달해지는

홀애비를 사다

홀애비 사세요 홀애비

맛있고 싱싱한 홀애비 사세요

칠층 난간을 타고 들려오는 소리

아파트 뒤쪽 야산에서는 새 떼들 야단입니다

아니, 웬 홀애비?

베란다에서 목을 빼고 귀 기울여 봅니다

호래기 사세요 호래기

맛있고 싱싱한 호래기 사세요 호래기

트럭 꽁무니가 모퉁이를 돌아가고 있습니다

맛있고 싱싱한 홀애비가 돌아가고 있습니다

어쩌자고 밤꽃 피는 오월!

* 호래기 : 반원니꼴뚜기(참꼴뚜기)의 경상 방언.

시월의 어느 날

잘 여문 깻단에서
잘 익은 말씀들이
촐촐촐 저절로 떨어지는
시월이었지

억새가 낭창낭창
허공을 불러
무동을 태우는
한가로운 날이었지

백학구름 깃털 속에
숨은 낮달의
웃는 입꼬리가
언뜻 보인 것도 같았지

그날이었지
그런 날이었지

그 한나절 살려고
천 년을 버틴 것 같은

그 한나절 다시 만날까봐
천 년을 기다릴 것 같은

2부

거대한 얼룩

흠향散饗

묵은 옷가지 정리하다가
장롱 문짝 하나 어긋났다

문짝 하나 떼어내고 보니
뚜껑이 반쯤 닫힌 관 아가리

장롱 안 옷가지들
허수아비 같다
영혼이 빠져나가버린 내 모습 같다

누가 내 사십구재에
싸구려 향을 올리나

나프탈렌 냄새
허기지다

피멍

첫 직장이었던 부산 낚시공장에서
싸가지 없는 박 조장의 깐죽거리는 꼴을
개무시하고 모르쇠로 일관했더라면
삼영인쇄소 총각 사장의 형이 거는
비릿한 수작을 농담으로 받아쳤더라면

연산역 신문 매대 앞에서
매출과 매입 값이 틀렸다며
주인 여자가 내 머리통을
갈기지만 않았다면 하필 그 순간에
언니가 나타나지만 않았다면

한 남자를 선택해야 하는 때가
하필 그쯤이 아니었더라면
탈출을 꿈꾸던 열여섯 나이와
방황과 좌절의 스무 살이
단발머리처럼 가지런했더라면

한번 휘둘러보지도 못한 칼을 가슴에 품고
하늘도 사무칠 때가 있느냐고

고래고래 고함이라도 지르는 대신
흥건히 젖어 번들거리는 칠흑의 멍

EXIT

초록불빛에 쏘여

돌아볼 새도 없이

한마디 유언도 없이

비상구를 통과해버린

청춘이여!

공범

과일 중 맨 먼저 익어 입 속에 드는 것이
앵두라 하셨는데 앵두는 차라리
열매가 아니라 꽃이라 하셨는데
앵두를 먹는 것은 꽃을 먹는 거라 하셨는데
성큼성큼 앵두나무 아래로 가서는
가지째로 우지끈 꺾어 딴 앵두를 소쿠리에 담아
'묵어봐라, 잘 익은 놈만 골라 땄다' 하셨는데
입안에 성급히 고인 침 꼴깍 삼키다가
차마 먹기에 아까워 그 꽃
물끄러미 들여다보기만 하였는데
사뿐사뿐 숨어 다니며 잘 익은 앵두만
골라서 따먹는 비취새 한 마리,
헐거워진 앵두가지 흔들어보고 갸우뚱갸우뚱
앵두 소쿠리 내려다보며 내 눈치를 살피다가
앵두씨 톡톡 던지면서 꽃도둑 들었다고
꽃도둑 맞았다고 호들갑인데
나는 괜시리 무안해져서 앵두나무 가지 사이로
파란 하늘조각 찾는 시늉만 하였지요

첫눈

몰래 집어먹은 첫눈

명치끝에 걸려버린 첫눈

손톱 밑을 따보는 첫눈

붉은 눈물 몽글몽글 솟아나는 첫눈

빨아서 뱉어내는 첫눈

정액처럼 비릿한 첫눈

소금 같은 소태 같은

하얗게 말라붙어버린 진땀 같은

첫눈

대학로에서

내게도 너네들처럼
반짝반짝 빛나던 때 있었다
장식하지 않아도 차려입지 않아도
값비싼 핀 고급스런 헤어밴드가 아니어도
긴 생머리 단발머리 숏컷 뽀글파마를 해도
물 빠진 청바지에 티 조각 하나
다림질되지 않은 체크 남방 걸쳐도
지나가던 사내들 고양이 실눈으로
흘깃거리던 때가 있었다 이것들아!

문턱

당신이 좋다는 말 대신
당신이 넘어오는
저 문턱이 좋다고 말했다
인기척도 없이 넘어와서
캄캄한 내 안에 스위치를 올리는
저 문턱이 좋다고 말했다
당신이 아니라
당신이 아니라
저 문턱이 좋다고 말했다

그러나 아뿔싸,
저 문턱이 저 경계가
당신을 밖으로 밀어낼 줄이야
문턱이 있어서 밖이 있을 줄이야
문턱이 우리 사이에 금을 그을 줄이야
저 문턱 위에
은빛 가시철조망이 쳐질 줄이야

봄비

눈썹 위로 봄비 내리네
새처럼 깜빡이는 눈도 없이
나비처럼 가벼운 날개도 없이
참새처럼 작은 부리도 없이

그 남자 눈 속에는 한 여자만 담겼네
파란 우산 씌워줄까
노란 우의 입혀줄까
분홍 장화 신겨줄까

그 여자 미동도 없이 봄비만 바라보네
커다란 눈물 동그랗게 떨어지네
텅 빈 눈 닫혀버린 입술 굳어버린 날개

그 여자 낡은 구두 위에
그 남자 부슬부슬 내리네

민들레

그때 무심코 날려보냈던 그 홀씨들
다 어디로 갔을까
어디에 닿아 깊숙이 뿌리를 내리고
해마다 노란 꽃 피어냈을까

놓쳐버린 그 홀씨들
바람이 데려갔을 그 눈썹들
몇 개의 계절을 돌고 돌아
누구의 발치에서 파르르 떨고 있을까

지금,
붙들고 있는 저 노란 고백은
누가 차마 잡지 못한 옷자락이었을까

홀리다

아요 아지매
돌아보지 말아야지
이것 좀 사서 잡숴봐
못 들은 체해야지
아이 이쁜 각시야
이리 이쁜 각시는
어디서 왔을꼬!
나는 급 갈등한다
보래이 각시야
떨이다 떨이
떨이가 아니라
각시란 말에
멈춰서고 만다
내 속에 살던
그동안 잊고 살았던
예쁜 각시 하나
할매가 내민 까만 봉지
덥석 받아든다

혀끝에서 맴도는 이름

어떤 이름은 혀끝으로 기억하네
혀끝으로 핥아야 떠오르는 이름이 있다네
쓰윽 핥는 순간 새파랗게 날 선 이름이
혀를 피로 물들이는 이름이 있다네
토막토막 끊어진 혀가
목구멍을 커억 틀어막는
그런 이름이 있다네
삼킬 수도 뱉을 수도 없는 혀가
생을 온통 들었다 놓았다 하네
반쯤 삼켜진 혀가
반쯤 삭아서 흐물거리는 혀가
그렁그렁 눈으로 쏟아져 나오는,
혀끝으로 보아야 보이는 이름이 있다네
잘린 혀끝이 낭떠러지가 되어버리는
가파른 이름이 있다네

* 혀끝에서 맴도는 이름 : 파스칼 키냐르의 소설.

쉰셋

조금만 참아보소, 쉰셋까지만
내가 뭘 좀 볼 줄 알아!
언젠가 들은 이 말이 불빛이 된 후로
앞이 캄캄해질 때마다 이 말을 밝혀든다
그러면 아득하여 먼 것들이 금세 환해진다
오로지 등록금 싼 대학으로 입학을 종용하던 날 밤
도대체 엄마는 돈 안 벌고 뭐했어?
벌겋게 덤비던 딸에게,
고딩 알바생 구하는 데 좀 찾아봐라 하던 날 밤
리그오브레전드와 한 판을 펼치다 슬그머니
제 방으로 들어가버리던 아들에게,
큰소리 한번 치는 날이 와야 한다
쉰셋, 야무진 큰애는 직장에 다닐 것이고
아들은 군대에서 특별휴가 나올 것이고
비로소 우리 식구 헐렁한 어둠 뚫고
새벽 첫닭 울음소리 들을 것이다
그 이전은 다 필요 없어
너무나 오래 참아왔어
나, 바로 죽어도 좋으니
제발 쉰셋—

얼룩

형광등이 나갔다
조심스럽게 전등갓을 벗긴다
속력을 잃은 것들이 옹송그린 채 모여 있다
하루살이 나방 풍뎅이 모기 무당벌레
하찮은 날것들을 씻어낸다
떠내려가면서도 좀체
날개를 펴지 못하는 것들
한때나마 비상하던 것들
이제는 전등갓에 얼룩으로 남아 있는 것들

내 속에도 저런 얼룩 있지
지워도 지워도 지워지지 않는 얼룩 있지
이제는 몸의 일부가 된
흐릿한 문신 있지
스위치 올려도 곧바로 켜지지 않고
불을 켰는데도 골방처럼 어둑어둑하지
밤마다 그 아래서 웅크린 채 뒤척이는
거대한 얼룩 있지

동정호

봄비가 장대비처럼 쏟아지는 날
동정호를 서성거리다가
버들피리 불어주던 신라적 화랑이
문득 떠오르지 않았겠어!
나는 백제의 여인답게
빗속을 우아하게 걸었지
신발이 젖고 어깨가 젖고
손등을 타고 뚝뚝 떨어지는 빗물
우산으로는 막을 수 없는 묘한 끌림
싸울아비들의 삼엄한 경호만 아니었다며
투항하듯 선을 넘어갔을지도 모르지
선이란 넘으라고 있는 것 아니겠어
내침 김에 그에게 카톡을 보냈지
오늘은 비가 천 년 전 그날처럼 달다!
너도 참 청승이다,
그 나이에 드라마 찍냐 하네
그러든 말든 천 년을 하루같이 사는 사람과
하루를 천 년같이 사는 사람이 잠시
천 년을 사이에 두고 내통을 했다
이렇게 우아하게 쓰려하네

귀향

악양 초입 섬진강 개치나루 언저리
강물 속을 가만히 들여다보세요
귀향하는 한 떼의 연어들이
출렁이며 탯줄을 되감아오고 있답니다
버선발로 마중 나올 일가권속도 없는데
그저 어미로부터 받아 새긴 핏줄 속 길 따라
멀고도 먼 길을 찾아오는 거랍니다
이 장엄한 귀향의식에 동참하려거든
축 귀향, 같은 펼침막 없이
이장 면장 부녀회장 앞세우지 말고
그대 거친 숨소리는 꽃잎으로 가리고
발자국 소리는 물소리로 지우고 오세요
부디 사박걸음으로만 오세요
한번도 고향 떠난 적 없었던 것처럼
어제 저녁에 보고 오늘 아침에 또 보는 것처럼
무심히 그냥 지나가세요

3부

일곱 번째 꽃잎 되어

나이가 든다는 것

밥과 돈이 다르지 않다는 것을 안다는 것
돈과 삶이 다르지 않다는 것을 안다는 것
삶과 욕이 다르지 않다는 것을 안다는 것
하여 밥이 곧 욕이라는 것을 안다는 것

밥보다 욕 먹을 때가 더 많다는 것
욕보다 약 먹을 때가 더 많다는 것
약보다 독 먹을 때가 더 많다는 것

하지만 밥보다 독이 더 달콤하다는 것
독 묻은 석양이 더욱 아름다울 때도 있다는 것
어떤 독은 그립기조차 하다는 것

어떤 사람의 독은 미래라 부르지만
어떤 사람의 독은 노후라 부른다는 것

잘 썩는 불후不朽도 있다는 것

나이가 든다는 것 2

바퀴벌레가 무섭지 않다는 것
그보다 남자가 무섭지 않다는 것
그보다 죽는 게 무섭지 않다는 것

(한때는 바퀴벌레가
죽는 것보다 무서웠다는 것!)

그러나 가난은 무섭다는 것
노후의 가난은 더 무섭다는 것
자식의 가난은 더욱더 무섭다는 것

그런데도 아무 걱정 안 하는
심지어 허허실실 태평스럽게
나이 드는 내가

정말 무섭다는 것!

가르침

스승께서 "달 봐라!"

하셨는데 나는 왜

오늘이 음력 며칠인가를

더듬고 있었을까?

일곱 번째 꽃잎 되어

벚꽃이 피었느냐고
얼마나 피었느냐고
언제쯤 만개하냐고
우리 갈 때까지는 피어 있겠냐고
문자로 카톡으로 전화로
막무가내 쏟아지는 질문에
조심조심 꽃점을 쳐보는데
다그칠수록 엇나가는 점괘라니
멈칫멈칫 머뭇거리는 벚나무는
오늘 필까 내일 필까
낮에 필까 밤에 필까
올 때 필까 갈 때 필까
애태우는 재주만 늘었는지
꽃 대신 딴전만 피우는데
그래, 벚꽃만 꽃이더냐
세계일화 조종육엽世界一花 祖宗六葉*
세계가 한 송이 꽃인데
그 여섯 번째 꽃잎이
쌍계사 금당에서 천 년 동안
초속 5센티미터로 날리고 있는데

나, 일곱 번째 꽃잎 되어
팔랑팔랑 일주문을 내려오는데
언제쯤 피냐고 얼마나 피었냐고
천 년 전에 핀 꽃의 안부를
이제야 물어쌓는데

*세계일화 조종육엽(世界一花 祖宗六葉) : 당나라 시인 왕유가 쓴 「육조
혜능선사비명」의 한 구절로, 혜능선사의 정상이 안치된 하동 쌍계사 금당
의 편액에 추사의 글씨로 새겨져 있음.

명훈가피

차꽃이 지고
묵은 찻잎 위에 봄볕이 튀겨지고 있을 때
칡넝쿨에 갇힌 차나무 밭에서
넝쿨을 잘라내고 있는 가위 소리가 관음이었음을
마른 칡넝쿨 걷어내는 갈쿠리 손이
천수관음의 손이었음을
미간을 접어 차밭 여지저기를 살피던
세심한 눈빛이 천안관자재보살의 눈이었음을
훤해진 차밭에서 봄을 맞는 것이
부처의 가피였음을
절 밖에서 이미 절 안의 일들을 모두 이루었음을
부처의 가피는 시방세계에 펴져 있어서
봄볕을 쬐듯 하면 되는 것을

모르고

나는 지금껏 어디다 등을 달고 풋절을 올렸을까
이 캄캄한 중생아!

입춘

1월을 버리고 2월로 간다
스물여덟 개의 얼굴이 시퍼렇게 얼어 있다
입춘, 설날, 우수, 보름……
얼굴마다 매달린 고드름
굳은 땅을 노려보고 있다
그래도 우리 인사는 건네야지
입춘, 입춘이구나
그새 입춘이로구나
소통되지 못하는 서로의 한기가 전신에 박힌다
멈칫 물러서며 감기약 한 움큼 삼킨다
잠시 후면 어지러울 것이고
깨어나면 3월이 와 있을 것이다
연두와 분홍으로 화장을 하고
녹슨 칼을 내 옆구리에 들이댈 것이다

춘분

할머니의 경쾌한 호미 소리에 맞춰
할아버지의 둔탁한 괭이 소리 울려 퍼지네

톡톡 탁탁
톡톡 탁탁

메트로놈을 켜고 오늘도
박자 연습 중이네
악보를 다듬고 있네

한 박자씩 한 박자씩
평생을 두드려서 일군 악보

봄 햇살에 역광으로 빛나네
이랑 저쪽 끝이 눈부시네

할머니 할아버지 반반씩 나눠
지구를 연주하고 있네

북천의 봄
— 나물 전쟁

노란 승합차에서 한 무리
봄처녀 아닌 봄아줌마들 쏟아져 나온다
노랑봉지에 호미를 들고
무릎걸음으로 한발 한발 진군한다
연초록과 대회전大會戰이다
잘 벼린 호미 끝으로 연두를 공격한다
연두는 뿌리째 뽑히면서도 물러서지 않는다
냉이 소대가 사라지면
달래 중대가 달려오고
달래 중대가 패퇴하면
쑥부쟁이 대대가 몰려오고
쑥부쟁이 대대가 투항하면
고사리 군단이 황토재를 넘어온다
겨우내 적막하던 북천 벌판에
포연처럼 아지랑이 피어오르고
무지막지한 기습에
개불알꽃이 놀라서
요령 소리 나도록 달아나는데
또 한 대의 승합차가 들어온다

영지靈池

다음 생을 비춰준다는 연못에 갔지요
물에 비친 참나무 가지 사이로
푸른 하늘에서 잉어들이 노닐고 있었지요

크고 검은 잉어들이 누가 내다버린 의족처럼
한쪽 다리로 떠다니고 있었지요

이번 생도 비틀거리며 사는데
다음 생도 휘청거려야 한단 말인가
다음 생도 한쪽 다리로 버텨야 한단 말인가

마침 바람이 불어와 참나무 이파리들이
차마 못 볼 풍경인 양 연못을 가렸지요

그때 도토리 하나가 연못으로 뛰어들자
잉어가 검은 입을 쩍 벌리고 솟구쳤지요
깊고 캄캄한 입이었지요

흠칫 물러나 뒤돌아서며
문득 이번 생이 더 궁금했지요.

목단이불

행복하게 살라고 결혼할 때
선물로 받은 침구 세트

부귀와 강녕 누리라고
붉은 보자기에 싸온
활짝 핀 목단이불

함부로 덮기 아까워
제대로 펼쳐보지도 못하고
꽁꽁 봉해놓은

새 장롱 들여온 날 풀어보니
이불보따리 속에서
목단꽃은 저 혼자
피고지고 피고지고
나프탈렌 냄새에 절어 있다

그래서 나 행복했던가
제대로 한번 덮어보지도 못한
나프탈렌 이불 밑에서

지다

우우우 꽃 진다
벚나무 가지마다
빗금 모질게 긋는 밤

떠나지 못하고 흔들리는 너를
꽃잎 물고 놓지 못하는 너를
그만하면 됐다고
다독이는 바람

지는 것이 이긴다는 말
입에서 잎으로 건네는 말
꽃잎에 베이는 통증 같은 말

떠나야 하는 것에
사라지는 것에
잊히는 것에

雨雨雨
봄 진다

유치원을 지나며

자, 짝지와 손잡고 구령에 맞춰 걸어봐요
하나, 둘, 옳지 옳지
셋, 넷, 그렇지 그렇지

선생님!
짝이 없는 사람은 어떻게 걸어야 할까요
구령에 맞춰 하나, 둘, 걷다보면 둘이 될까요
내 그림자 데리고 가면 둘이 될까요
해도 없는 날에는 누구랑 걸어야 할까요

이젠 해도 지고 무릎은 아픈데
가야할 길은 까마득하고
구령 소리는 들리지 않는데
짝지는 어디 가고
구령은 누가 붙여주나요

남의 돈

청소 다 하셨으면 이거 펀칭해서 갖다주시고 이건
이면지함에 넣어주세요 이건 나중 세절하세요
세절, 몰라요? 세절하시라고요 저기 저 기계에
바인더, 저렇게 생긴 건데 7센치 5센치 3센치
각각 20개씩 사오시고 이건 제본해서 오세요
다섯 부씩 흑백으로 제목은 가로, 연도는 빼고요
이건 세로로 제목을 붙여달라 하시고 칼라 제본으
로요
　메모하세요 잘 구분할 수 있지요?
　순천이니까 전화번호 검색해서 미리 연락해놓고 가
세요
　후딱 다녀와요 오후에 일 많습니다!
　아니 제본이 제대로 안 돼서 떨어지잖아요?
　두 시에 회의 있는데 어쩌냐고요 제본된 상태를 그
자리에서
　확인했어야죠 다시 갔다 오세요
　일반복사는 흑백으로 하라고 하지 않았나요?
　양면복사는 긴 면으로 복사하라 했을 텐데
　이건 짧은 면 복사를 해야지요 아니 왜 그러세요?
　일하기 싫으세요? 또 실수하셨네

종이 한 장에 얼만지나 아세요?
라벨을 크기, 색깔, 용도 별로
하루에 수만 장씩 출력해야 하는데
언제 다 하려고 그러세요 라벨 용지 이거 엄청 비싸요
연식이 높으셔서 어느 정도 이해는 하지만
이렇게 자꾸 실수하면 어쩝니까?
남의 돈 벌어먹는 게 어디 쉬운 줄 아세요!

새는 펑크머리를 한다

오른쪽으로 가르마를 탄다
보수꼴통이라고 한다
왼쪽으로 가르마를 탄다
좌익빨갱이라고 한다
정중앙을 가른다
회색분자 기회주의자라고 한다
도대체 어쩌란 말인가

아예 스킨헤드로 빡빡
밀어버리면 뭐라고 할까?
물 위를 걷는 남자 황비홍처럼
앞은 밀고 뒤는 땋으면 뭐라고 할까?
매드맥스처럼 도끼머리를 하면?

귀가 나와야 한다고
교문에서 두발단속 피하려면
반드시 귀가 나와야 한다고
귀만 동그랗게 드러낸 고딩이 머리를
귀두라고 한다지?

지구는 둥글고
세상은 둥글고
귀두도 둥근데
왜 우리는 왼쪽 아니면 오른쪽에서
서로를 겨누고 있을까
서로의 머릿속을
염탐만 하고 있을까

절필선언

다시는 태어나지 말아야지
부활도 말아야지
윤회도 말아야지

뭐? 내가 시인?

시 같은 건 처다보지도 말아야지
누가 나더러 진 시인 하고 부르면
불구대천 원수로 삼아야지
쥐구멍을 찾아야지

그래, 쥐구멍에 세들어야지
그 쥐구멍 볕 하나 안 들게
블라인드를 쳐버려야지

법원이 준 개명확인서는
감쪽같이 하루아침에
그 시인 죽었다는
사망확인서 아니었나?

그런데 나는 왜 아직 살아 있나
어쩌자고 아침마다 태어나고
저녁마다 목을 매나
시 한 줄에

4부

곰보배추

당신을 벗겨서 나를 덮어도

산 너머 남촌에서
매화가 건너와
수선화 건너와
꽃창포 건너와

문 열어 부스스
끌어안고
당신을 벗겨 보아도
당겨지지 않는 봄

5월

지금부터는 내리막이다
시속 80으로 미끄러진다
뒤차 바싹 따라온다
반대편 차선은 오르막,
시속 100으로 스쳐간다
가고 오는 경계가 스케이트 칼날 같다
아차하면 베일 것 같다
그때, 흰 봉다리 하나 날아든다
브레이크를 밟기에는 너무 늦다
펑, 터진다 뭐지?
백미러 속 멀어져가는 길 위는
멀쩡하다 아무것도 없다
봄바람에 찢겨진 아카시 향기만
뭉텅뭉텅 빗물처럼 고여 있다

수의

바람 좋고 햇살 푸른 가을날이면 어김없이 수의를
거풍시키는 엄마의 표정이 하도 깊어서 그게 쓸쓸함
이었는지 서글픔이었는지 슬픔이었는지 짐작조차 할
수가 없었지요 당신의 수의를 귀한 외출복 다루듯하
는 엄마와 주황빛 삼베수의를 번갈아 흘겨보며 그게
뭐 그리 좋은 거라고 이 좋은 날 내걸어서 기분 우중
충하게 하냐고 마구 짜증을 부렸지요 나중에 너희들
허둥대지 말라고, 이거 미리 장만해놓으면 오래 산다
고……, 먼 눈빛으로 말꼬리를 흐리는 엄마가 이젠 떠
날 채비를 하는구나 싶어서 겁이 덜컥 나는 것을 억지
로 감추자니 말끝마다 가시가 돋쳤지요 기어이 그 수
의 입고 떠난 지 16년, 윤달 들었던 해에 낡고 삭은 그
수의마저도 훌훌 벗어버리고 푸른 하늘로 훨훨 날아
가서는 꿈속에서조차 보이지 않는 엄마 숨이 막히도
록 보고 싶은 날이면 선소 방둑길에 우두커니 앉았다
오지요 섬진강 저쪽으로 가뭇없이 사라지는 수의 한
자락 핏빛 어리도록 보다가 오지요

곰보배추

곰보배추 엑기스 한 박스를 끙끙대며
들고 들어서는 나를 보고
아이들이 한마디씩 한다
우리 엄마 또 호갱이 되셨네!
그러고 보니 영양제부터 두통약 콧물약 기침약
식탁 위에 늘어놓은 약봉지들이 반찬가짓수보다 많다
언제부턴가 아픔이 일상이다

홍역을 앓던 무렵
절대로 긁으면 안 된다고 긁으면
빡빡 얽은 곰보 된다고
아무리 엄마가 으름장을 놓아도
참을 수가 없어서 북북 긁으면
내 손톱 끝에 엄마의 눈이 붙은 것처럼
비호같이 달려와서 내 손목을 낚아챘지

가려워서 동동거리며 울고 있으면
찬 손으로 내 얼굴을 어루만지다가
가만가만 혀로 내 얼굴을 핥다가
손님 손님 못 본 듯이 가이소!

면경처럼 만들어주고 가이소!
죄인처럼 삭삭 비는 엄마 때문에
이유 없이 더 섧게 울었던 그때

그 엄마의 혀처럼 까끌까끌한 곰보배추
비염에 좋다고 기관지염 천식 빈혈
당뇨 혈압에 직방이라고
효능이 깨알같이 적힌 안내문대로 곰보배추
엄마의 비손처럼 내 몸 구석구석 어루만지기를
엄마의 혀처럼 가만가만 내 몸 핥고 지나가기를
바라는 내 마음을 아이들은 알까

엄마는 알까, 얼굴은 면경인데
가슴은 곰보가 된 채 살고 있는 나를

관상

좀 볼 줄 안다는 사람들이
나를 읽는다 열 사람이 읽으니
열 가지 모습의 내가 있다

사납다 냉정하다 독하다 못됐다
편협하다 거만하다 건방지다
혐오스럽다 천박하다 무식하다

그런가 정말 내가 그런가
거울 속에 나를 가두고 고쳐 읽는다

한심하다 막막하다 불안하다 두렵다
비겁하다 역겹다 우습다 미안하다

이런 나를 지치지 않고 포기하지 않고
한결같이 읽어준 사람이 있었지

성질에 복 들었다
그 성질만 좀 죽이고 살거라
야, 야, 그거 아무것도 아니다

아니야, 지나고 나면 별거 아니란다
괜찮다 괜찮아 어깨 토닥이며
안아준 사람 있었지

돌아보면
거울 밖의 사람도 거울 속의 사람도
안아주는 사람도 울먹이는 사람도
다 나였지

그러니, 상관 마라
내 관상은 내가 본다!

하루, 살이

바다가 있었고

낚싯바늘에 어린 새우를 꿰는 바람이 있었고

바람의 등쌀에 움칫움칫 물러나는 파도가 있었고

어린 새우와 바람과 파도를

바구니에 쓸어 담는 초승달이 있었고

하루를 지우는 노을이 있었고

어둠을 등진 채 노을을 바라보는

붉게 젖은 눈이 있었고

말복

　복 중에 복은 말복인가, 해발 팔천 미터 고지를 오르는 것마냥 컴퓨터 모니터가 헐떡거린다. 인터넷의 자잘한 글자는 여전히 안구의 인내를 요구하고 인터넷을 뒤져도 시원한 데라곤 없다. 심장의 온도가 급격히 올라서 뇌가 절전지경이다. 컴퓨터의 헛바닥을 날름 뽑아버릴지도 일격으로 머리통을 날려버릴지도 모른다. 말이 꼬여들고 생각이 뒤엉키고 신경이 예민해지고 행동이 거칠어진다. 나도 나에게 조심해야 한다. 내 목을 내가 조를지도 모른다. 선풍기가 네 날개를 다급하게 퍼덕이며 나를 달래고 있다. 그래 참자! 참자! 세상도 참고, 더위도 참고, 직장 상사도 참고, 참을 수 있는 것도 참고, 참을 수 없는 것도 참고, 구이조지 구이조지 쓰벌쓰벌쓰벌 욕설 반 조롱 반 저 놈의 매미 소리도 참자. 불쌍한 선풍기, 너도 잠시 쉬어라! 스위치를 꺼주자 선풍기는 날개를 쫙 펼쳐서 네 잎 클로버를 내게 보여주네.

어떤 해후

33년 만에 첫사랑을 만났지요
목소리만 듣고도 알겠더군요
쿵쿵거리는 심장은 진정되지 않았고
허둥대는 시선은 서둘러 멀리
담장 밖으로 내보내야 했지요

먼저 알은체해야 할까?
나를 알아보기나 할까?
뭐라고 인사를 하지?
아들과 부인처럼 보이는 일행들과
평사리 최참판댁 마당을 거닐고 있는
그의 앞을 지나치는데
심장이 터지는 줄 알았지요

그가 나를 알아보지 못했다고
믿고 싶지는 않지요
여기는 관광객들로 북적이는 유명 관광지잖아요
내가 그를 생각지도 못했던 것처럼
그도 내가 관광해설사로 있으리란 걸
어찌 짐작이나 했겠어요

몰랐을 거예요, 그럼요

어쩌면 눈이 딱 마주친 것 같다는 것도
서둘러 눈빛을 거두는 것처럼 보였다는 것도
다 내 착각일지 몰라요
아니, 다른 사람을 그로
오인했는지도 모르지요
무려 33년이잖아요?

그런데 말이지요
왜 이리 무릎이 꺾이지요?
왜 이리 눈앞이 뿌옇지요?

어린 애인

뭐 갖고 싶으냐고 묻는다
갖고 싶은 게 생각이 나지 않는다
먹고 싶은 거 있음 말해보란다
얼른 떠오르지 않는다

하마터면
갖고 싶은 것도 먹고 싶은 것도 없어
라고 답할 뻔했다

갖고 있지 않은 것이 무엇이지?
먹어보지 못한 것이 어떤 거지?
목이 메니 생각 길도 막힌다

그렇게 감동 먹었어?
갔다 올게 내일까지 생각해놔!

뿌연 시야 저쪽으로
딸아이가 동그랗게 눈을 흘기며
3교대 알바를 나간다

시월의 마지막 밤에

내일부터는 11월이라고

오징어다리 같은 쫄깃한 추억이나 곱씹으며

징징거리고 있을 때가 아니라고

가려줄 이파리 하나 없는

도끼를 위한 달*이라고

단단히 각오하라고

* 도끼를 위한 달 : 나희덕의 시에서

뭐, 어때?

1
둘째오빠 장례식 날,
문상객을 맞다가
나도 모르게 잔을 들어 건배를 한다

아차, 싶었지만 이미
허공에 뜬 내 잔은 몸 둘 바를 모른다

손님은 내 건배에 응할 수도
무시할 수도 없어서 처참한 속내가
눈빛으로 어지럽다

뭐, 어때?
이제 오빠 아플 일 없으니
이 얼마나 축하할 일?

이왕 내친 김에 팔을 쭉 뻗어
높이 높이 잔을 민다
오빠, 건배!

2
시어머니 장례 치르는 날
옛 직장 상사가 조문 왔다
나를 많이 아꼈던 사람

너무 반가워서 내 처지도 잊고
손 덥석 잡은 채 한 옥타브
높아진 목소리로 인사가 난만하다
그 상사, 얼른 내 손을 털어낸다

그제야 주위의 시선이 등에 꽂힌다
시어머니 죽었다고
너무 좋아하는 거 아냐?

뭐, 어때?
시어머니도 나를 끔찍이 아끼신
우리집 상사였는 걸

한 시간에 백 원쯤 하는

한 시간에 백 원쯤 하는
착한 전화기가 있으면 좋겠어요
시간 다 됐다고 끔뻑끔뻑 신호 보내오면
백 원짜리 동전 밀어넣고 실컷 주절거리다가
또 신호를 보내오면 또 동전 하나 밀어넣고
고래고래 목이 쉬도록 노래하다가
울다가 웃다가 소리 지르다가
백 원에 백 원을 밀어넣고
설움과 눈물과 욕설과 웃음을
순서 없이 대책 없이 밀어넣어도
고분고분 삼켜주는 전화기
너덜너덜 얼룩덜룩
멍들고 찢어진 것들을 게우고 게워도
찌푸리는 기색조차 없이 받아주는 전화기
머리 기댈 한쪽 어깨를 빌리는데
인생의 반을 탕진하고도 아직 정신 못 차리고
다시 어깨 한쪽에 나머지 인생 반쪽을 탕진하겠다
고 덤벼도
백 원만 넣어주면 응원해주는 그런 전화기
십 원도 아니고 천 원도 아니고

딱 백 원짜리 동전만큼만 미쳐도 된다고
미쳐야 산다고 토닥여주는 전화기

동백섬 사람들

굳이 오라니 가라니 하지 않아도
가만가만 어여쁜 꽃이 오고
조잘대는 새가 오고
비가 내리고 눈이 날려도,
바람이 머뭇거리고
안개가 덮이고 구름이 얹히고
같은 꽃이 피고 같은 나무가 자라고
같은 새가 울어도,
이들이 내통하는 걸 아무도 알아채지 못하지
아니, 알고도 눈감아주는 거지
섬과 섬이 은근슬쩍 맞닿아 있는 걸 보니
두 섬이 썸타는 거 아니냐고
짐짓 능치며 싱거운 농담이나 건네는,
저녁 포차에 둘러 앉아 노을처럼 익어가는 사람들
갈수록 꽃을 닮아가는 사람들
어쩌자고 어쩌자고
섬을 닮아가는 사람들

무지개

무지개 제조공장을 보았다
계명산 아래 키 작은
소나무 발치에서 돋아난 무지개가
조금씩 자라고 있었다
다 자란 무지개가
옮겨가는 데를 훔쳐보는 일은
짜릿하고 설레는 일
소류지 저편
이명산 서어나무가 손을 흔들자
이편에서 일곱 개의
손가락을 펼쳐보였다
스스스 미끄러지듯이
무지개 옮겨갔다
백로 무리 소나무에 앉아
무지개의 이동 경로를
검색하고 있었다

마중

비의 길목에
달팽이 한 마리
마중 나왔다
치마를 질질 끌며
둥근 지붕 안으로
비의 뿌리를 끌어당긴다
뿌리를 머금고
모퉁이를 돌아간다

'나'라는 지옥에 대한 보고서

김남호/ 시인, 문학평론가

> 그러나 오늘은 지옥
> 오늘이라서 지옥
> 여기는 지옥 여기라서 지옥
> 주소를 바꾸고 이름을 바꿔도
> 헤어날 길 없는
> ― 「나'라는 지옥」 중에서

무릇 시인은 지옥에서 천국을 노래하는 자들. 유토피아적인 에너지가 충만하여 직접화법으로 천국을 그려서 보여주는 시인도 있고, 현실을 핍진하게 그려서 지금-여기가 지옥임을 폭로함으로써 그 반대쪽 어디쯤에 천국이 있음을 암시하는 시인도 있다. 아득한 과거에 천국을 마련해놓고 우리가 그 천국으로부터 얼마나 멀어졌는가를 실시간 중계하는 시인이 있고, 아득한 미래에 천국을 마련해두고 우리가 거기에 이르기 위해 얼마나 발버둥치는지를 카운트다운해주는 시인도 있다.

진효정 시인은 앞의 경우에는 후자이고, 뒤의 경우에는 전자이다. 마치 구름을 그려서 달을 표현하는 홍운탁월烘雲托月처럼 지옥을 그려서 천국을 드러낸다는 점에서 그러하고, 기억 속의 낙원에 기대어 현실의 동토를 견디고 불안한 미래를 다독인다는 점에서 그러하다. 그래서 그의 시를 읽는 일은 고통스러운데도 감미롭고, 달콤한데도 쓰디쓰다. 이 글은 해설이라는 사족이기보다 그의 지옥의 조감도이거나 그의 천국의 가이드북이기를 바란다. 어쩌면 거기가 지옥인 줄 알고 가슴 조이며 따라갔다가 당도해보니 천국이 나오는 '오독誤讀의 즐거움'을 누릴 수 있을지도 모른다. 지금부터 진효정의 '지옥'을 탐사해보자.

지옥의 메카니즘

우리의 관념은 지옥과 천국을 다른 공간에 위치시킨다. 즉, 천국은 하늘 어딘가에 있고, 지옥은 땅속 어딘가에 있을 것만 같다. 그러나 현실은 관념이 아니다. 천국도 지옥도 땅 위에 있다. 다만 그것이 지옥인가 천국인가는 언제인가 그리고 어디인가 하는 시간성과 장소성으로 규정되게 마련이다. 당연히 '지금'의 '여기'는 지옥이다.

일반복사는 흑백으로 하라고 하지 않았나요?

양면복사는 긴 면으로 복사하라 했을 텐데

이건 짧은 면 복사를 해야지요 아니 왜 그러세요?

일하기 싫으세요? 또 실수하셨네

종이 한 장에 얼만지나 아세요?

라벨을 크기, 색깔, 용도 별로

하루에 수만 장씩 출력해야 하는데

언제 다 하려고 그러세요 라벨 용지 이거 엄청 비싸요

연식이 높으셔서 어느 정도 이해는 하지만

이렇게 자꾸 실수하면 어쩝니까?

남의 돈 벌어먹는 게 어디 쉬운 줄 아세요!

—「남의 돈」부분

　가진 것 없는 소시민에게 지금-여기가 가혹한 결정적인 이유는 바로 '남의 돈'을 벌어먹어야 하기 때문이다. 나의 호구지책은 남의 손에 달려 있다. 자본주의 아래서 삶을 영위하기 위해서는 무엇보다 돈이 필요하고, 그 필요한 돈은 나를 억압하는 저들에게 있다. 저들은 내가 '연식이 높으'신 데도 불구하고 닦달하고 다그치고 비아냥거리기를 주저하지 않는다. 필시 '나'는 비정규직이거나 알바를 하는 '절대 을'이고, 군림하는 그들은 '절대 갑'이다. '절대 갑'과 '절대 을'을 매개하는 것은 돈이다. 돈의 어딘가에 천국과 지옥이 있음이 틀림없다. 그러니 지옥의 공용어는 욕일 밖에.

출렁출렁 흔들리며

술잔에 욕들이 담기네

욕이 허기를 채우네

잔속에 박제된 욕 한 송이

채워도 비워도 시들지 않네

―「얼굴 위로 욕들이」 부분

욕은 술을 부르고 술은 욕을 부른다. 술과 욕은 상승작용을 하며 서로를 부추긴다. 욕은 가시로 만들어진 언어, 술은 불로 빚은 음료다. 욕은 할퀴고 후비며 상처를 만들고 술은 그 위에 불을 붙인다. 이때의 주체와 객체는 낮의 그것과 뒤바뀐다. 낮의 지옥이 가혹할수록 밤의 지옥은 뜨겁고 거칠다. 이것이 낮의 지옥이 밤의 지옥으로 바뀌는 메카니즘이다. 이 메카니즘을 거치면서 인간성은 황폐해지고 인간답게 살기 위해 돈과 노동을 맞바꾸려 했던 직장은 짐승의 시간을 견뎌야 하는 수모를 강요한다. 급기야 "밤이 깊도록 술잔에는 욕이 자라고/ 내장 속엔 가시가 무성"해져서 "창백한 얼굴 위로 욕들이/ 기어나오"(「얼굴 위로 욕들이」)는 밤의 지옥도를 완성한다.

지옥에도 창窓은 있을 것이다. 창이 있어야 그곳이 지옥인 줄 알 테니까. 시인에게는 '자식'이라는 창이 있다. 이 창은 지금-여기가 지옥임을 가차 없이 일깨워준다. 꿈 때문이 아니라 돈 때문에 대학을 바꾸고, 사랑 때문이 아니라 능력 때문에 부모로서의 자격을 의심받는 지옥. 언제쯤 이 지옥을

벗어날지 기약할 수 없는 삶은 나를 무당이나 관상쟁이에게
로 데려간다. 당연히 그들은 희망고문을 가한다. "뭘 좀 볼
줄" 아는 그들은 한결같이 큰소리친다. "조금만 참아보소, 쉰
셋까지만"

언젠가 들은 이 말이 불빛이 된 후로
앞이 캄캄해질 때마다 이 말을 밝혀든다
그러면 아득하여 먼 것들이 금세 환해진다
오로지 등록금 싼 대학으로 입학을 종용하던 날 밤
도대체 엄마는 돈 안 벌고 뭐했어?
벌겋게 덤비던 딸에게,
고딩 알바생 구하는 데 좀 찾아봐라 하던 날 밤
리그오브레전드와 한 판을 펼치다 슬그머니
제 방으로 들어가버리던 아들에게,
큰소리 한번 치는 날이 와야 한다

—「쉰셋」부분

그래, 쉰셋이다. 지옥의 출구는 쉰셋에 있다. 그 출구만 나
서면 "야무진 큰애는 직장에 다닐 것이고/ 아들은 군대에서
특별휴가 나올 것이고/ 비로소 우리 식구 헐렁한 어둠 뚫고/
새벽 첫닭 울음소리 들을 것이다" 자식이 비로소 나의 족쇄
를 풀어주는 나이, 더 이상 내가 자식을 위해서 내 몸을 헐지
않아도 되는 나이, 내가 나로 살아도 괜찮은 나이, 쉰셋!

'나'라는 지옥

그러나 짐작 못한 함정이 있었다. 지옥은 출구가 없다는 것을 몰랐다. 지옥은 그곳의 기억만으로도 지옥이었다. 아이들은 컸지만, 내 지옥도 따라서 커졌다. 지나간 고통의 시간은 가슴에 새겨진 채 지금의 나를 괴롭힌다. 당연한 얘기지만 지옥을 만난 사람은 천국을 꿈꾸던 사람이다. 날지도 않았는데 추락할 리는 없지 않은가.

> 내 속에도 저런 얼룩 있지
> 지워도 지워도 지워지지 않는 얼룩 있지
> 이제는 내 몸의 일부가 된
> 흐릿한 문신 있지
> 스위치 올려도 곧바로 켜지지 않고
> 불을 켰는데도 골방처럼 어둑어둑하지
> 밤마다 그 아래서 웅크린 채 뒤척이는
> 거대한 얼룩 있지
>
> ―「얼룩」 부분

형광등을 어지럽게 맴돌던 날것들은 미라가 된 채 부서진 날개로 그들이 한때는 비상飛翔했던 존재임을 가까스로 증거할 뿐 그들의 죽음은 전등갓에 한낱 얼룩으로 남아 있다. 내 꿈도 그렇다는 거다. 얼룩을 지나 문신이 되어버린 꿈, 꿈이 얼룩을 지나 문신이 되기까지 거쳐야 했던 지옥의 기억은 나를 잠들지 못하고 웅크린 '등신대等身大의 얼룩'으로 만들고

만 것이다. '쉰셋'은 한 지옥의 출구였지만 또 다른 지옥의 입구였던 것. 도대체 어디서부터 꼬인 것인지 복기復棋가 되지 않는다.

첫 직장이었던 부산 낚시공장에서
싸가지 없는 박 조장의 깐죽거리는 꼴을
개무시하고 모르쇠로 일관했더라면
삼영인쇄소 총각 사장의 형이 거는
비릿한 수작을 농담으로 받아쳤더라면

(……)

한 남자를 선택해야 하는 때가
하필 그쯤이 아니었더라면
탈출을 꿈꾸던 열여섯 나이와
방황과 좌절의 스무 살이
단발머리처럼 가지런했더라면

―「피멍」부분

무수한 가정법假定法으로 복기를 시도해보지만 부질없다. "하늘도 사무칠 때가 있느냐고/ 고래고래 고함이라도 지르는 대신" 회한의 눈물로 "흥건히 젖어 번들거리는" 어둠의 크기만 한 '피멍'에 가위눌릴 뿐이다.

그러나 시의 위의威儀는 여기에 있다. 지옥이 지옥으로 끝

난다면 무슨 드라마가 있고 반전과 감동이 있겠는가. 시인의
자질은 지금부터 빛을 발한다. 지옥에서 빛나는 시를 건지는
것이다. 시가 발아하는 때는 고통과 회한과 몰락이 시작되는
때다. 아름다운 풍경 사진은 날씨가 수시로 돌변하는 불안정
한 기류일 때 찍기 좋다고 하지 않던가. 시 역시 마찬가지다.
경이와 불안, 우울과 공포가 수시로 드나들 때 좋은 시는 태
어난다. 그러므로 시에 한한다면 지옥은 좋은 시의 필요조건
이다. 다음 시는 지옥이 만들어낸 절창이다.

연일 폭염이다
햇볕도 재앙이다 테러다
쥐구멍에도 볕들 날 있다고?
그런 말 마라, 쥐구멍에 볕들라!

38도가 지옥이었는데
40도까지 오르니
38도는 천국이구나

천국이란 한때는 지옥이었던가
오늘은 천국의 앞날인가

폭염의 끝은 어딘가
더운 맘에 넘겨보는 달력
멀지 않은 곳에 입추가 있고

단풍이 들고, 낙엽이 지고, 흰 눈이 내리고
사슴이 썰매를 끌고
소년이 북을 치는구나

오, 천국은 달력 뒤편에 있었구나!

그러나 오늘은 지옥
오늘이라서 지옥
여기는 지옥 여기라서 지옥
주소를 바꾸고 이름을 바꿔도
헤어날 길 없는

— 「나」라는 지옥」 전문

어제의 폭염은 오늘의 더 가혹한 폭염을 만나 착해진다. 지옥은 절대적이지 않다. 지금보다 선善한 곳을 만나면 지옥이 유지되고, 지금보다 악惡한 곳을 만나면 천국으로 바뀌기 때문이다. 그래서 "천국이란 한때는 지옥"이고, 고통스런 오늘은 "천국의 앞날"이라는 유연한 인식에서 빼어난 통찰을 건져 올린다.

오늘이 고통스러운 자는 자꾸 달력의 뒤편을 기웃거리게 되고, 그 뒤편 어딘가에 천국이 있음을 알아챈다. 유토피아는 기어이 존재하지 않음으로써 가장 강력한 힘을 행사하는 것이다. 하지만 내일이 천국이라고 해도 오늘이 지옥이라는 현실은 변하지는 않는다. 어쩔 수 없이 오늘이 지옥인 까닭은 오늘이라서 그런 것이고, 여기가 지옥인 이유는 여기라서 그런 것이다.

나의 가장 확실한 실존의 근거인 오늘-여기는 그 여지없는 확실성 때문에 지옥의 운명을 벗어나지 못하는 것이고, '나'라는 요지부동의 주체 때문에 지옥은 견고해지는 것이다. 즉, 내가 없다면 지옥도 천국도 없는 것 아닌가. 하여 아무리 주소를 바꾸고 이름을 바꾸어도 '나'를 벗어버리지 못하는 한 '탈지옥'은 불가능한 꿈일 뿐이다.

손때 묻은 지옥

육신을 갖고 태어난 생명체는 영원히 지옥에서 벗어날 길이 없는 걸까. 특히 여자로 태어난 운명은 그 원죄가 깊고도 모질다. "이 산 저 산 넘나드느라 식어버린 울음/ 데워서 뜨겁게 우는 여자/ 그런데 내가 왜 울지?/ 왜 우는지 몰라서 또 우는 여자/ 이젠 목젖이 닳아서 울지도 못하는 여자"(「뻐꾸기」)의 모습에서, 혹은 홍역을 앓는 딸을 위해 "손님 손님 못 본 듯이 가이소!/ 면경처럼 만들어주고 가이소!/ 죄인처럼 삭삭 비는 엄마"의 기도도 무색하게 "얼굴은 면경인데/ 가슴은 곰보가 된 채 살고 있는 나"(「곰보배추」)의 모습에서 '여자의 지옥'은 완강하고 완고하다.

여기가 지옥이구나
말로만 듣던 그 지옥이구나

겨우 문 하나 닫히니
비로소 지옥이구나
엄마가 다녀가고 할머니가 다녀간
손때 묻은 지옥이구나

―「폐경」 부분

지옥은 틈이 없다. 말 그대로 무간지옥無間地獄이다. 특히
여성이 거쳐야 하는 지옥은 더욱 가혹하다. 산고産苦의 지옥
이 끝나자 당도한 폐경閉經 지옥, "겨우 문 하나 닫히니" "하
루에도 수십 번씩 널을" 뛰는 갱년기 지옥이다. "맨 얼굴에다
쿨파스와 핫파스를/ 번갈아 붙였다가 떼었다가" 하는, "엄마
가 다녀가고 할머니가 다녀간" 이브들의 "손때 묻은" 지옥이
다. 이 지옥의 끝은 어디인가. 끝이 없어서 지옥인가. 지옥이
라서 끝이 없는 것인가.

지옥을 벗어날 길이 있다면, 그 길은 지옥 밖에 있는 게 아
니라 지옥 안에 있을지 모르겠다. 기억이 그 길일 수 있다.
잊히지 않는 기억 때문에 사는 게 지옥일 때도 있지만 역으
로 기억 때문에 지옥을 견디기도 한다. 어떤 기억은 이번 생
을 견디는 강력한 에너지가 된다.

잘 여문 깻단에서
잘 익은 말씀들이
촐촐촐 저절로 떨어지는
시월이었지

억새가 낭창낭창
허공을 불러
무동을 태우는
한가로운 날이었지

백학구름 깃털 속에
숨은 낮달의
웃는 입꼬리가
언뜻 보인 것도 같았지

그날이었지
그런 날이었지

그 한나절 살려고
천 년을 버틴 것 같은
그 한나절 다시 만날까봐
천 년을 기다릴 것 같은

— 「시월의 어느 날」전문

　그래, 그런 날이 있다. 무엇 때문이었는지 까닭도 없이 맥락도 없이 마치 꿈의 한 대목처럼 환하게 빛나는 기억 속의 한 장면. 이승의 한때일 텐데 도무지 이승 같지 않은 이승의 한순간이 있다. 우리가 꿈꾸는 유토피아도 유년기의 어느 한 기억이 변형된 것이라고 하지 않던가. "잘 익은 말씀들이/ 촐촐촐 저절로 떨어지는" "억새가 낭창낭창/ 허공을 불러/ 무동을 태우는" "백학구름 깃털 속에/ 숨은 낮달의/ 웃는 입꼬리가/ 언뜻" 보이는 동화 속 같은 비현실적인 날이 있다. 마치 그날 하루를 살려고 천 년을 기다려온 듯한, 또 그런 날이 올까봐 천 년을 견딜 수도 있을 것 같은 날!

　그러나 그런 날은 특별한 날, 잠시 나를 마취시키지만 금세 현실로 돌아오고 나는 다시 지옥의 날들로 내 생을 꾸려나간다. 자식도 제법 의젓해지고, 사는 꼴도 조금은 덜 추레해졌지만 그렇게 되기까지 지불한 것은 이승에서의 내 시간, 바로 나이다. 나이는 이승의 남은 시간을 역으로 환산해주는 숫자놀음이다. 따라서 나이는 단순한 나의 이력이 아니라 내 생을 가장 단순명료하게 압축해놓은 기호이다. 이 압축을 풀면 저마다의 시간이 드러난다. "밥보다 욕 먹을 때가 더 많"은 사람이 있고, "약보다 독 먹을 때가 더 많"(「나이가 든다는 것」)은 사람이 있다. 그런 탓에 어떤 사람에게는 이승의 남은 시간을 미래라고 부르지만, 어떤 사람에게는 그것을 노후라고 부르는 것이다. 누구든 노후라는 말 앞에서는 마치 뱀의 살갗에 닿은 듯이 진저리친다.

그리운 지옥

　그러나 노후라고 다 공포스러운 것은 아니다. 우리의 생이 완성돼간다는 말이기도 하고, 이 지긋지긋한 지옥이 끝나간다는 뜻이기도 하다. 이번 생에 대한 자부도 체념도 없이 말

하건대, 노후老後란 불우不遇하지도 불후不朽하지도 않다. 나의 이름을 불우하게 여길 이유도 없지만, 내 이름 석 자가 후세에 길이길이 남아서 잊히지 않기를 바랄 건덕지도 없다. 그러므로 내 몫의 지옥을 견디면서 작은 비의秘義라도 엿볼 수 있다면 이번 생은 꽤 남는 장사 아닌가?

매화가 꽃을 피운다는 건
계절을 통째로
들어올렸다는 뜻이다
가지에 앉았던 새들이
고개를 끄덕거렸다는 뜻이다

매화가 꽃잎을 지운다는 건
푸른 행성을
바른쪽 어깨에
매달겠다는 뜻이다
지구의 반대쪽 어깨가
23.4도 기울었다는 뜻이다

삼계가 윤회를
시작했다는 뜻이다

—「비의」전문

시건방지다고 할지 모르겠으나, 인생을 좀 살다보면 어느 것 하나 예사롭게 보이지 않는다. 꽃 한 송이 피었다 지는 일이, 나뭇가지에 새 한 마리 앉았다 떠나는 일이, 매실 하나 열렸다 떨어지는 일이 다 이유가 있어 보이고, 나름의 의미를 숨긴 듯이 보인다. 지금의 내가 그냥 우연히 생겨난 것이 아닐지도 모른다는, 지금까지 겪은 삶의 신산辛酸이 단순한 '개고생'이 아닐지도 모른다는, 어쩌면 이 모든 것들이 다 의도되고 계획된 '운명'이라는 스케줄에 따라 살아온 것 같다는 생각이 든다는 말이다. 그러니 오늘 아침에 우러러본 하늘 한 켠도 예사롭지가 않고, 뭔가 비의를 담은 '그분'의 뜻이 아닐까 여겨진다.

그러나 무수한 지옥을 건너다보면, 하늘의 비의를 다 읽으려 해서는 안 된다는 것쯤의 눈치는 생겨서 "늘 거기까지/ 접힌 부분 딱 거기에서/ 내 독서는 멈"추게 된다. 그러고는 "왜 이리도 안 읽히지?// 벌써 노안이 오는데" "먹구름처럼 너덜거리는/ 주름진 저 책/ 마저 읽을 수가 없다"(「하늘」)며 괜히 안경을 벗고 미간에 주름을 잡으며 능청을 떨게 된다.

이젠 사는 일에 일희일비하며 호들갑 떨지 않는다. 지옥을 만나면 지옥인가보다, 천국을 만나면 천국인가보다 대수롭지 않게 여기며 생의 치열함에서 한 걸음 물러서게 된다. 그 여유와 여백의 느슨함으로 세상과 거리를 두려고 한다. 그러다 보면 "호래기 사세요 호래기" 하는 소리가 "홀애비 사세요 홀애비"(「홀애비를 사다」)로 들리게 되고, 생의 풋풋한 비린 내를 느끼게 된다. 그리하여 오후 세 시를 가로지르는 달달한 생의 단내를 온몸으로 느끼며 거쳐온 지옥의 철문들을 아쉽고 홀가분한 눈빛으로 바라보리라.

지옥에 대한 보유補遺

　지금까지 진효정 시인의 첫 시집 『일곱 번째 꽃잎』를 텍스트 삼아 '지옥'을 키워드로 시인의 삶을 재구성해 보았다. 물론 이런 독법은 시집에 대한 오독을 넘어 시인에 대한 무례일 수 있음을 잘 알고 있다. '화자=시인'이라는 등식으로 접근하는 작품 해석의 위험성과 폭력성은 충분히 경계해야 마땅하다. 그럼에도 불구하고 시인의 체취와 진정성이 물씬 풍기는 좋은 시들을 만나면 화자는 곧 시인으로, 나아가 '나'로 읽게 되는 오독과 무례는 불가피해진다. 진효정의 시집이 그러하다. 이 시집이 첫 시집이라고 믿기 어려울 정도로 시인은 자기 내면의 풍경을 집요하게 응시하고, 깊이 있는 통찰과 객관적인 언어로 그 풍경을 묵직하고 날렵하게 그려낸다.

　그의 시에서 '지옥' 이미지가 승한 것은 시인의 이런 태도와 무관하지 않다. 철저하게 연민이나 미화라는 자위自慰의 수단을 배제한 채 쿨한 태도로 자기의 삶을 객관화시켜 그린다면 이 세계는 지옥으로 보일 수밖에 없지 않겠는가. 그러나 명심해야 할 것은, 이때의 지옥은 종교적·윤리적 과보果報에 따른 징벌로서의 지옥이 아니다. 고단한 현실을 견디기 위해서는 어떤 형식이든 보상으로서의 천국을 꿈꾸게 마련이다. 이때의 천국은 당대의 윤리의식에 비추어 용납되는 천국도 있고 용납되지 않는 천국도 있다. 용납되지 않는 천국중의 하나가 지옥이 아닐까? 만약 그렇다면 우리의 삶에 편재하는 지옥은 천국의 다른 얼굴일지도 모른다. 그렇지 않다면 유월의 나른한 어느 오후, 내리막길을 달려가며 "달달한 참외"를 외치는 봉고차의 확성기 소리에 "쓰디쓴 내 현실"이 "혀끝 저리도록 달달해지는"(「달달한 오후」) 순간을 어떻게 납득할 것인가.

국립중앙도서관 출판예정도서목록(CIP)

일곱 번째 꽃잎 : 진효정 시집 / 지은이: 진효정. -- [서울]
: Bookin(북인), 2018
    p. ;   cm. -- (현대시세계 시인선 ; 095)

ISBN 979-11-87413-95-0 03810 : ₩8000

한국 현대시[韓國現代詩]

811.7-KDC6
895.715-DDC23   CIP2018034622

현대시세계 시인선 095
일곱 번째 꽃잎

지은이_ 진효정
펴낸이_ 조현석
기   획_ 백인덕, 고영, 박후기
펴낸곳_ 북인
디자인_ 푸른영토

1판 1쇄_ 2018년 11월 15일
출판등록번호_ 313 - 2004 - 000111
주소_ 121 - 842 서울 마포구 서교동 467 - 4, 301호
전화_ 02 - 323 - 7767
팩스_ 02 - 323 - 7845

ISBN 979-11-87413-95-0   03810
이 시집은 경남문화예술진흥원의 문화예술지원금을 받아 발간되었습니다.